आत्म विश्वास

(बाल कहानी संग्रह)

डॉ. दिनेश पाठक 'शशि'

समर्पित

प्रख्यात साहित्यकार

श्री संजीव जायसवाल 'संजय' जी

को

सादर

* डॉ.दिनेश पाठक 'शशि'

*

*

*

*

*

*

*

*

*

*

*

ISBN :

पुस्तक-आत्म विश्वास(बाल कहानी संग्रह)

लेखक-डॉ .दिनेशपाठक'शशि'

आवरण- सक्षम पाठक

प्रथमसंस्करण- नवम्बर-2022

मूल्य-बैक आवरण परमुद्रित है

प्रकाशक/वितरक-

एक्सप्रेसपब्लिशिंग, नम्बर-8, 3-क्रासस्ट्रीट,

तमिलनाडु600004 (मद्रास)

publish@notionpress.com

Phone :+91 44 46315631

क्रम-सूची

प्रस्तावना

प्रिय बच्चो,

मधुर स्नेह।

आप सभी ने विज्ञान के अति आधुनिक समय में जन्म लिया है और उसी के अनुरूप आपके ज्ञान का क्षेत्र भी विस्तृत है। आपके इस युग में परियों और भूत-प्रेतों की कहानियाँ बहुत पीछे छूट चुकी हैं। आप सब यथार्थ जगत की बारीकियों को जानने में विश्वास करते हैं।

आज मैं अपने एक और कहानी संग्रह-'आत्म विश्वास' को लेकर आपके समक्ष प्रस्तुत हुआ हूँ। इसकी पहली कहानी आपको गाँव के जीवन के विषय में जानकारी देगी तो दूसरी कहानी ग्रामीण परिवेश में आज भी अनपढ़ रह गई बेटियों के माध्यम से 'बेटी बचाओ, बेटी पढ़ाओ' के बारे में जानकारी देगी। संग्रह की तीसरी कहानी 'बदल गये बन्दर दादा' बन्दर दादा के माध्यम से नम्रता पूर्वक किए जाने वाले व्यवहार के लाभ बताते हुए चोरी न करने, किसी पर बेवजह रौब न करने आदि की परोक्ष रूप से शिक्षा भी देगी जो भविष्य में आपके जीवन के लिए भी उपयोगी सिद्ध होगी। चौथी कहानी -'आत्म विश्वास' आपका मनोरंजन तो करेगी ही साथ ही आपके अन्दर आत्म विश्वास भी पैदा करने का काम करेगी। इस प्रकार आप इन कहानियों को पढ़कर अपना मनोरंजन तो कर ही पायेंगे साथ ही साथ अनजाने में ही आप कुछ जीवनोपयोगी जानकारी, कुछ शिक्षा भी ग्रहण करेंगे।

आशा है आपको इस संग्रह की कहानियाँ पसंद आयेंगी।

आपका ही-

डॉ. दिनेश पाठक 'शशि'

28, सारंग विहार, मथुरा-281006

मोबाइल-9870631805

1
गाँव की सैर

'ताई जी एकादशी का उद्यापन कर रही हैं, हमारे साथ गाँव चलोगे राजू?'-

माँ की बात सुनकर राजू खुश होकर बोला-

''हाँ-हाँ, क्यों नहीं? कब चलेंगे माँ?''

'बस दो दिन बाद ही। इतवार के दिन जाना है।'

''और कौन-कौन जायेंगे माँ?''

'मैं, तुम, तुम्हारी बहन चुनमुन और तुम्हारे पापा।'

राजू को घूमने-फिरने का बहुत शौक है। जब भी कोई मौका मिला वह जरूर जाता है। गाँव पहुँचकर राजू ने देखा कि ताऊ

जी ने घर और घेर की सफाई करने के लिए कई मजदूर लगाये हुए हैं जो फावड़ा और खुरपी से घेर के मैदान की घास को छील-छील कर एक जगह एकत्रित कर रहे हैं। साथ ही कूड़े करकट का भी एक जगह पर ढेर लगा रखा है।

ताऊजी ने घेर में एक चौथाई भाग में गाय और भैंस पाली हुई हैं। राजू ने देखा कि ताऊजी ने गाय-भैंस के रहने की जगह पर भी बहुत सफाई कराई हुई है। कहीं पर भी उनका गोबर या पेशाब बिखरा हुआ नहीं है। गाय-भैंस द्वारा गोबर किए जाने पर उसे उठाकर तुरन्त घूरे पर डाल दिया जाता है।

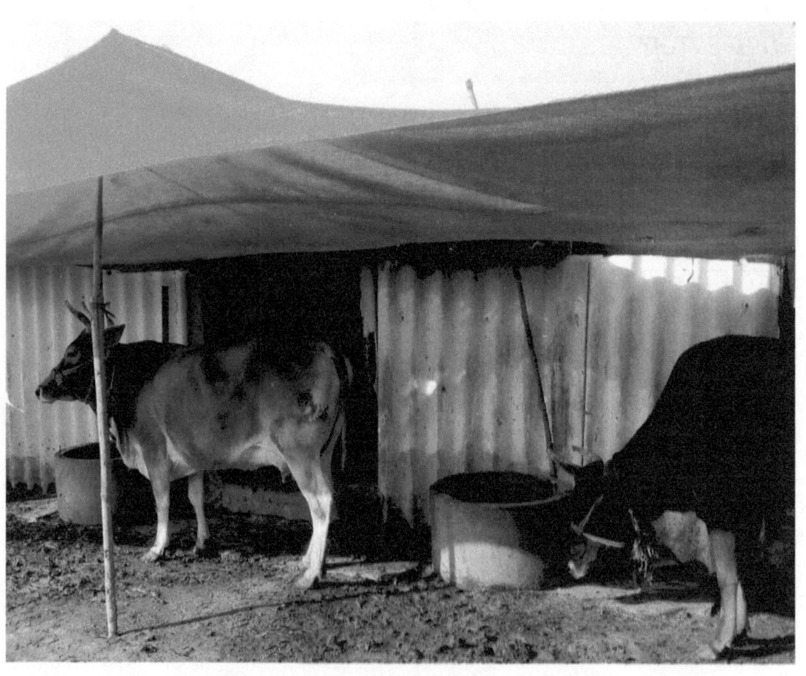

ताऊजी ने घेर में एक चौथाई भाग में गाय और भैंस पाली हुई हैं

गाय-भैंस के छोटे बच्चों को देखकर राजू बहुत खुश हुआ। उसका मन किया कि गाय के सुन्दर से बच्चे के गले में अपनी बाँहें डालकर उसे प्यार करे। वह उधर को गया ही था कि तभी घेर में ताऊ जी आ गये। राजू डर गया। कहीं ताऊ जी उसे डाटने न लगें। लेकिन ताऊजी ने उसे डाटा नहीं बल्कि राजू को गाय के बछड़े के पास ले जाकर उसे प्यार करने दिया।

ताऊजी ने घेर के दूसरे चौथाई भाग में आलू, पालक, मैंथी, हरा धनिया, पुदीना ,गाजर और मूली बोई हुई है। राजू ने ये सब चीजें सब्जी मण्डी में रखी हुई बहुत बार देखी थीं पर खेत में उगी हुई पहली बार देख रहा था सो उसके मन में बहुत सारे प्रश्न भी उठ रहे थे। उसके प्रश्नों को सुनकर ताऊ जी हँस पड़े-'बेटा हम बाजार की रासायनिक खाद लगी साग-भाजी नहीं खाते। अपने घेर में उगी, प्राकृतिक देशी खाद-पानी की साग-भाजी ही खाते हैं। उन्होंने प्यार से राजू से कहा कि इस बार छुट्टियों में तुम दोनों बहन-भाई यहीं आ जाओ, तुमको सारी चीजें दिखा भी देंगे और बता भी देंगे।

घेर के आधे हिस्से में ताऊजी ने रहने के लिए तीन कमरे भी बनवाये हुए हैं। राजू कमरों में घूम-घूम कर देखने लगा। पानी पीने के लिए एक हैण्डपम्प भी लगा हुआ है। राजू ने उसके हैंडिल को ऊपर-नीचे किया तो पानी आने लगा। बहुत ठंडा-ठंडा पानी राजू को बहुत अच्छा लगा।

घेर से थोड़ी सी दूरी पर ताऊजी के खेत भी हैं। घेर की दीवार के पास खड़े होकर देखने पर दिखाई देते हैं। राजू और चुनमुन खेत पर जाने की जिद करने लगे तो पापा दोनों को खेत पर लेकर गये।

पापा दोनों को खेत पर लेकर गये।

अपने खेत में और आसपास के भी बहुत से खेतों में सरसों के फूल खिले हुए थे। इतनी अधिक मात्रा में उन्होंने कभी भी सरसों

के खेत नहीं देखे थे। चारों ओर पीला ही पीला नजर आ रहा था।

राजू ने पापा से कहकर अपने और चुनमुन के साथ सरसों के फूलों के बीच बहुत सारे फोटो खिंचवाये।

खेत के पास ही आम का बाग भी था। बाग में आम और जामुन के बड़े-बड़े पेड़ों के नीचे बैठ कर राजू और चुनमुन बहुत खुश हुए।

चारों ओर पीला ही पीला नजर आ रहा था

ताई जी ने एकादशी का उद्यापन भी कर लिया और हँसी-खुशी जाने कब तीन दिन बीत गये।

पापा-मम्मी के साथ वापस लौटते हुए राजू और चुनमुन गाँव के बारे में ही सोच रहे थे। कितना खुला-खुला और स्वच्छ वातावरण है हमारे गाँव का। शहरों की तरह न कहीं गंदगी न प्रदूषण और न ही घिचपिच ही।

2

जिम्मेदारी

'माँ कहाँ हो , मुझे भूख लग रही है, खाना दे दो?'-

स्कूल से आते ही मैने कहा तो माँ मेरे पास आ गई और मेरे सिर पर अपना हाथ फिराते हुए बोली,-

' अरे सोहन, आज तौ तू भौतु देर में आयौ है घर , कहाँ देर करि दई ?''

'कहीं नहीं माँ, आज स्कूल में छुट्टी के बाद बालीबाल का गेम था, बस खेलने लग गया था'

'बेटा बो तेरी भाभी है न, लक्ष्मी, तेरे इंतजार में कैऊ चक्कर लगाय गई है।'

'क्यों माँ, मुझसे क्या काम पड़ गया भाभी का?''

'पतो नाँय बेटा, लै झट ते खानों खाय लै और जाय कैं पूछि लै, कछू काम होयगौ तबई तौ कैऊ बेरि आय-आय कैं लौटि गई है।'

मैंने स्कूल बैग को सही जगह पर रखा और फिर स्कूल ड्रेस को यथास्थान टांग दिया। माँ ने इतनी सी देर में मेरा खाना लगा दिया था सो मैंने झटपट खाना खा लिया । खाना खाने के बाद माँ से पूछा,- ''माँ जाऊँ भाभी के पास?''

'हाँ-हाँ बेटा, जायकें पूछि लैं नैंक, कहा कामु है।'

भाभी जैसे मेरा ही इंतजार कर रही थीं। मुझे देखते ही बोलीं-'आय गये लालाजी, मैं तिहारौ ही इंतजार करि रही ही।'

'हाँ, बताओ भाभी, क्या काम है?''- मेरे कहते ही भाभी ने अपनी ब्लाउज में हाथ डाला और सकुचाते हुए एक चिट्ठी मेरे हाथ में थमा दी-

'लालाजी नैंक जाय चिट्ठी अ बांचिऔ। तिहारे भाईसाब की है।'

ऐसा एक बार नहीं हुआ। जब भी उनकी चिट्ठी आती है वह मुझे ही बुलाकर पढ़वाती हैं। पत्र की बातें पढ़ते-पढ़ते कभी-कभी तो मुझे भी संकोच होने लगता है और भाभी भी सकुचा जाती हैं। लेकिन उनकी मजबूरी मैं समझ जाता हूँ। उनके माता-पिता ने उन्हें थोड़ा सा भी अक्षर ज्ञान करा दिया होता तो उन्हें यह दिन न देखने पड़ते।

मैंने चिट्ठी पढ़ने के बाद भाभी से कहा,-'भाभी एक बात कहूँ, मानोगी?'

'कहौ लालाजी। तिहारी एक नाँय, द्वै बात मानूंगी।'

'ऐसा करो, आप थोड़ा-बहुत पढ़ना-लिखना सीख लो। फिर ये किसी से अपनी चिट्ठी पढ़वाने वाला झंझट खत्म हो जायेगा।'

'अरे लालाजी, अब जा बुढ़ापे में कहा पढ़ाई आबैगी।'

'क्या बात करती हो भाभी, अभी आपकी तो कुछ भी उम्र नहीं, सरकार ने तो प्रौढ़ शिक्षा के माध्यम से 50-50 साल के लोग-लुगाइयों को भी पढ़ाने का प्रबन्ध किया हुआ है।'

'नाँय लालाजी, मोय शरम आबै, मैं नाँय जाउंगी कहूँ पढ़िबे-लिखिबे।'

'और ये अपनी चिट्ठी मुझसे पढ़वाने में शरम नहीं आती, कैसी-कैसी बातें लिखी होती हैं ?' मैंने मजाक किया तो भाभी

सकुचा गईं-

"तुम तौ अपने हौ लालाजी। काऊ बाहर के ते थोड़ाई पढ़बाऊ हूँ।

'अच्छा ठीक है । फिर ऐसा करो कि रोजाना शाम को मैं ही थोड़ा-थोड़ा आपको पढ़ना-लिखना सिखाऊँ तो सीखोगी?'

मेरी बात भाभी को जँच गई और रोजाना शाम को एक घंटा मुझसे पढ़ने को तैयार हो गईं। मैं वापस चलने को हुआ तभी मेरी नजर रजनी पर पड़ी जो सामने बच्चों के साथ इकटंगा खेल रही थी। मैंने टोका,-

इस रजनी को तो किसी स्कूल में दाखिला दिला दिया है

'अरे भाभी, इस रजनी को तो किसी स्कूल में दाखिला दिला दिया है या यह ऐसे ही इकटंगा खेलती रहती है बच्चों के साथ?'

'अरे लालाजी, अब तुमऊ ऐसी बात करौ। जा के बापू तौ दूरि फौज में नौकरी करौ करैं। अब जा कूँ कौन तौ दाखिलौ दिलाबै और कौन जा की देख-भार करैगौ। जा ते मैनें नाँय कहूँ भेजौ जा कूँ।'

'भाभी , इस नन्हीं जान पर क्यों अत्याचार कर रही हो? क्या आप चाहती हो कि यह भी आपकी तरह अपनी ससुराल में जाकर मोहल्ले के लड़कों से अपने पति की चिट्ठियों को पढ़वाये? नहीं ऐसा अन्याय मत करिए इसके साथ। आजकल तो सरकार ने इतनी सुविधा दे रखी हैं कि बारहवीं क्लास तक तो इसकी पढ़ाई में आपको एक पैसा भी खर्च नहीं करना पड़ेगा।''

'जे बात और काऊ ने तो नाँय बताई मोकूँ।'

'बताई कैसे नहीं, इस बात के तो घर-घर रेडियो पर और जगह-जगह दीवारों पर भी विज्ञापन लिखवाये हुए हैं सरकार ने । आप ध्यान कहाँ से देतीं, थोड़ा पढ़-लिख ली होतीं तो सब कुछ पता चल जाता। खैर अब भी कुछ नहीं बिगड़ा है। कल ही रजनी को मेरे स्कूल में दाखिला दिला दो। मैं ले जाऊंगा इसे साथ।''

बेटी बचाओ, बेटी पढ़ाओं'

भाभी जी मेरी बात से सहमत हो गईं। मुझे लगा कि सरकार के -'बेटी बचाओ, बेटी पढ़ाओं' अभियान में मैंने भी अपनी जिम्मेदारी निभा दी है।

3

बदल गये बन्दर दादा

खों-खों दादा को लंगड़ाते हुए आता देखकर सारे बन्दरों ने उनको चारों ओर से घेर लिया।

'क्या हुआ दादा, लंगड़ा क्यों रहे हो?'- टिंकू बन्दर के बच्चे ने अपनी तोतली आवाज में पूछा तो खों-खों दादा चिड़ गये।

"तुझे दिखता नहीं है, मेरे पैर में कितनी चोट लगी है। लंगड़ाऊंगा नही तो क्या दौड़ लगाऊंगा।"

'दादा क्षमा कर दो, बच्चा है।'-टिंकू बन्दर ने हाथ जोड़े।

"लेकिन दादा, आपके यह चोट लगी कहाँ? कुछ तो बताओ। मैं डा. मकुना को अभी बुलाकर लाता हूँ वह चैकिंग करके आपको दवा दे देगा।"-

चिंपू बन्दर ने सहानुभूति दिखाते हुए कहा.

'अरे अब तुमको क्या बताऊ?

'अरे अब तुमको क्या बताऊ? 5 दिन पहले मैं एक घर की छत पर गया था. वहाँ एक आदमी सुबह ही सुबह कबूतरों को दाना डाल रहा था. ढेर सारे जंगली कबूतर बड़े प्रेम से उस के डाले दाने को खाने के लिए उस आदमी के चारों ओर इकट्ठा हो गये थे.'

''अच्छा, यह तो बहुत अच्छी बात है दादा. वे सारे कबूतर उस आदमी से डर नहीं रहे थे?''-टीटू बन्दर ने आश्चर्य से पूछा.

'नहीं, वह आदमी शायद उन कबूतरों को रोजाना ही दाना खिलाता है, इसलिए सारे कबूतर उससे हिले हुए हैं''-. खों-खों

दादा ने कराहते हुए जबाव दिया.

''ठीक कह रहे हो दादा, अच्छा काम करने वाले भी बहुत से आदमी होते हैं जिनको समझने के बाद फिर उनसे डर नहीं लगता.''- चंदा बंदरिया ने भी अपना अनुभव बताया-

मैं एक दिन अपने दोनों बच्चों को लेकर ऐसे ही एक मकान की छत पर गई थी

''मैं एक दिन अपने दोनों बच्चों को लेकर ऐसे ही एक मकान की छत पर गई थी. उस मकान का मालिक इतना अच्छा था कि उसने अपने घर के बच्चों को हमारे पास बुलाकर उनसे हमारे लिए खूब सारे भुने हुए चने और गुड़ खिलवाया.''

चंदा बंदरिया की बात सुनकर खों-खों दादा खिसियाकर बोले,-
'अरे भला आदमी तो वह भी लग रहा था. कबूतरों को दाना
डालने के बाद वह दो रोटी के टुकड़े और एक स्टील के वर्तन में
पानी भरकर भी रखता था जिसे कांव-कांव करते हुए कौवे और
कई गिलहरी आकर खा-पी जाते थे. मैं कई दिन तक सबसे ऊपर
वाली छत पर दुबक कर यह सब देख रहा था.'

''दादा, फिर यह चोट किसने मारी आपके?''-चंचल बंदरिया ने
चोट की ओर हाथ का इशारा करते हुए पूछा.

''फिर उसने आपके साथ ऐसा क्यों किया दादा?''

'ऐसा हुआ कि उसको दो रोटी और पानी रखते हुए देखकर मेरा
मन भी ललचा गया. वह जहाँ पर रोटी-पानी रखता था, दूसरे
दिन सुबह को ही मैं भी उसी जगह पर जाकर बैठ गया.'

''अच्छा! फिर क्या हुआ दादा? क्या उस आदमी ने आपको के
लिए रोटी दी?''- टिंकू बन्दर का छोटा बच्चा पुंकू पूछ बैठा.

' हाँ उसने मुझे देखा तो उसने मेरे हाथ में भी आधी रोटी का
टुकड़ा पकड़ा दिया.'

''अरे वाह दादा, आपकी तो मौज आ गई. फिर क्या हुआ
दादा?''- पुंकू उत्साहित होकर बोला.

'फिर उस आदमी ने मुझे रोटी का आधा टुकड़ा देने के लिए फिर से मेरी ओर को हाथ बढ़ाया.'

''अरे वाह दादा, आपसे तो दोस्ती हो गई फिर उस आदमी की.''-दूसरे बन्दर ने कहा.

''लगता है वह बहुत भला आदमी है. फिर आगे क्या हुआ दादा?''-टिकलू बन्दर ने जिज्ञासा प्रकट की.

'फिर यह हुआ कि जैसे ही उसने मुझे रोटी देने के लिए मेरी ओर अपना हाथ बढ़ाया, मैंने रोटी लेते हुए उसकी ओर खों-खों करके उसे अपनी घुड़की से डरा दिया. वह डर कर दौड़ा और जीने की सीढ़ियों पर जाकर खड़ा हो गया.'

उसकी ओर खों-खों करके उसे अपनी घुड़की से डरा दिया

''यह काम तो उसके साथ आपने अच्छा नहीं किया दादा.''-
बहुत देर से सबकी बातें सुन रहे बालिस्टर बन्दर ने टोका.

'मैं क्या करता, मैं अपनी आदत छोड़ नहीं पाता. खों-खों करके
डराना मेरे स्वभाव में शामिल हो गया है.'

खों-खों दादा की बात सुनकर सभी बन्दर एक साथ बोल पड़े,-

''देख लो दादा, हम सब कितनी बार आपको टोक चुके हैं कि
किसी से कुछ खाना-पीना है तो उसको और उसके बच्चों को
अपने खेल-कूद से प्रसन्न करो. पर आप तो किसी की सुनते ही
नहीं. आप तो खों-खों करके हम सब पर भी अपनी दादागीरी
झाड़ते रहते हो. किसी को बेबजह डराओगे तो वह तो मारेगा ही.
फिर आगे क्या हुआ, वह बताओ, दादा.''

'दूसरे दिन से वह आदमी अपने हाथ में एक डंडा लाने लगा और
चारों ओर को देखते हुए रोटी-पानी रखने के बाद कबूतरों को
दाना डालता और फिर वापस चला जाता. मैं सबसे ऊपर पानी
की टंकी के पास छुपा रहता. जैसे ही वह जाता, मैं ऊपर पानी
की टंकी के पास से उतर कर आता और सारी रोटी खा जाता.
पानी पीने के बाद स्टील के वर्तन को भी गिरा देता.'

''यह तो आप ठीक काम नहीं करते थे दादा.''- बालिस्टर बन्दर
ने एक बार फिर से टोका.-''फिर, आगे बोलो.''

'पानी के वर्तन के गिरने की आवाज सुनकर वह फिर से छत पर आता और वर्तन में पानी भरकर फिर से सही जगह पर रख देता.

एक दिन जब वह वर्तन में पानी भरकर रख रहा था, सीढ़ियों के दरवाजे को खुला देखकर मैं दौड़कर नीचे घर की लाबी में उतर आया और सामने मेज पर रखे आमों के थैले को उठाकर ऊपर भाग गया. और बैठकर मजे से सारे आमों को खा गया.'

''अरे वाह दादा, उस दिन तो आपका पेट मीठे-मीठे आमों से पूरी तरह भर गया होगा?''- बन्दरों के सारे छोटे बच्चे खिलखिला पड़े.

'हाँ भर तो गया था.'

''फिर क्या हुआ दादा?''

'दूसरे दिन मुझे फिर से मीठे आम खाने की इच्छा हुई तो मैं फिर से मौका देखकर नीचे उतर आया. आज भी कल की तरह ही मेज पर आमों से भरी थैली रखी थी.'- खों-खों दादा ने सबको बताया.

''फिर तो दादा, दूसरे दिन भी आपकी मौज हो गई.''

'मौज कहाँ हुई, उस आदमी ने शायद पहले दिन मुझे आम ले जाते हुए देख लिया था, इसलिए आज वह डंडा लेकर एक

दरवाजे के पीछे छुपा हुआ था. मैंने मेज पर से जैसे ही आम उठाये, उसने मेरी कमर और पैरों पर डंडा बरसाना शुरू कर दिया. मेरे भागते-भागते भी 8-10 डंडे मार ही दिए.'-कराहते हुए खों-खों दादा बोले.?

"ओ हो हो...यह तो बहुत बुरा फंसे दादा, लेकिन दादा आपने एक कहावत नहीं सुनी कि बुरे काम का नतीजा भी बुरा ही होता है और लोभ नाश का कारण होता है. आपको छत पर रखी रोटियों पर सबर करना चाहिए था. चोरी करना तो वैसे भी पाप होता है. चोरी क्यों की आपने?''

चोरी क्यों की आपने?

बालिस्टर बन्दर की बात सुनकर खों-खों दादा कराहते हुए खों-खों करके उसे घुड़कने लगे-'क्या करता मैं, आम इतने मीठे थे कि दूसरे दिन मैं अपने आप को रोक ही नहीं सका था.'

''तो फिर भुगतो अब अपनी करनी का फल और पूरे शरीर पर दवा लगवाकर सिकाई करवायो पूरे महीने.''- बालिस्टर बन्दर ने भी उसी गुस्सा में कहा तो और बन्दर भी बोल पड़े-

''हाँ दादा, बालिस्टर सही तो कह रहा है, आप हम सबपर भी खों-खों करके दादागीरी झाड़ोगे तो हम में से भी कोई आपकी दवा-गोली और सेवा नही करेगा अब. बोलो , अपने खों-खों करने के स्वभाव को छोड़ने का वायदा करते हो या नहीं?''

खों-खों दादा समझ गये कि आज के जमाने में केवल प्रेम से ही किसी से कोई काम कराया जा सकता है. उस दिन के बाद फिर किसी को उन्होंने खों-खों करके बन्दर घुड़की नहीं दी.

4

आत्म विश्वास

सक्षम के पापा ने उसके लिए ऑनलाइन एक ड्रोन आर्डर किया तो वह खुशी से उछल पड़ा और यह बात अपने दादू को बताने लगा-

''दादू-दादू आप ड्रोन के बारे में जानते हो, क्या होता है?''

'नहीं बेटा, मैं नहीं जानता। आप जानते हो क्या होता है?'

''दादू जानता हूँ तभी तो ऑन लाइन ऑर्डर कराया है पापा से। तीन-चार दिन में आ जायेगा, तब मैं आपको दिखाऊगा।''

'अच्छा, यह तो बहुत अच्छी बात है। पर बेटा, ड्रोन करता क्या है? और कैसा होता है?'

दादू की बातें सुनकर सक्षम हँस पड़ा-

''तो इसका मतलब है कि आप सचमुच ही ड्रोन के बारे में कुछ भी नहीं जानते दादू ? आजकल तो इसके बारे में मुझसे छोटे-छोटे बच्चे भी जानते हैं दादू। पता है दादू, आजकल हमारे स्कूल में कोई भी कार्यक्रम होता है तो उसकी वीडियोग्राफी भी ड्रोन से ही कराई जाती है और शादी-व्याह के जो फंकशन होते हैं उन सबकी वीडियोग्राफी भी।''

बारह साल के अपने नाती सक्षम के मुँह से ये सब बातें सुनकर दादू ने आश्चर्य प्रकट किया-'अच्छा! तो आपके ड्रोन से भी ये सब हो जायेगा क्या?'

दादू की बात सुनकर सक्षम खिलखिला उठा-

''अरे दादू, मेरा ड्रोन तो टॉय है टॉय, यानि खिलौना। वीडियोग्राफी जिनसे की जाती है वे तो लाखों रुपये में आते हैं। यह तो केवल कुछ हजार रुपये का है ।''

' तो फिर क्या करेगा तुम्हारा ड्रोन?'- दादू ने अगला प्रश्न किया तो सक्षम ने अपना टैब खोला और फिर एक ड्रोन का वीडियो सर्च करके दादू को दिखाया-

'' देखो दादू, मैं उसे इस तरह उड़ा-उड़ाकर खेलूंगा। बस खेलकर आनन्द लेने के लिए ही मैंने मंगाया है।''

Enter Caption

'पर बेटा, इसे उड़ाओगे कहाँ पर? यहाँ तो किसी की छत पर जाकर गिर पड़ा तो मिलेगा भी नहीं। तुम्हारे पापा के छह हजार रुपये जरा सी देर में मिट्टी में मिल जायेंगे।'-

दादू ने चिन्ता प्रकट की तो सक्षम ने समझाया-

'' दादू, मैं उसे यहाँ छत पर थोड़ेई ना उड़ाउंगा। मैं तो उसे ईगल पार्क में उड़ाउंगा। आप चलोगे न दादू मेरे साथ ईगल पार्क में?''

चौथे दिन जब कूरियर वाला ड्रोन देकर गया तो सक्षम की खुशी का ठिकाना नहीं था। शाम को ही वह दादू के साथ ईगल पार्क पहुँच गया।

उसने पार्क में पहुँचकर डिब्बे में से पंखुड़ी आदि निकाली और उन्हें जोड़कर उसके साथ आई बैटरी को भी लगा दिया और फिर स्विच ऑन करके रिमोट का बटन दबाया।

डिब्बे में से पंखुड़ी आदि निकाली और उन्हें जोड़कर उसके साथ आई बैटरी को भी लगा दिया

ऐसा करते ही ड्रोन की चारों पंखुड़ियाँ बहुत तेजी से घूमने लगीं। रिमोट का दूसरा बटन दबाते ही ड्रोन हवा में ऊपर की ओर उड़ चला तो दादू ने ताली बजाई जिससे सक्षम का उत्साह और बढ़ गया और अब वह उसे कभी बहुत ऊपर की ओर ले जाता तो कभी ईगल पार्क में खेल रहे बहुत से बच्चों के ऊपर उड़ाने

लगता।

अब तो शाम होते ही दादू स्वयं ही सक्षम को याद दिलाकर उसे ईगल पार्क ले जाते।

अभी 15-20 दिन ही हुए होंगे कि एक दिन ड्रोन को उड़ता देखकर एक चील ने उसे अपने जैसा ही कोई पक्षी समझा और ड्रोन पर झपट्टा मार दिया। चील से टकराते ही ड्रोन नीचे गिर पड़ा जिसे देखकर सक्षम रुंआसा हो गया-

''दादू, अब मम्मी डांटेंगी। ड्रोन खराब हो गया।''

'डरो नहीं, कोई अपने आप थोड़ेई खराब किया है तुमने।'

''नहीं दादू, मम्मी फिर भी डांटेंगीं।''

'यह बात है तो ऐसा करते हैं कि इसे लेकर होलीगेट चलते हैं। वहा इलैक्ट्रीकल और इलैक्ट्रोनिक्स के बहुत से रिपेयर सेंटर हैं। वहाँ किसी ने रिपेयर कर दिया तो ठीक रहेगा।'

होलीगेट के बाजार में जाकर कई मैकेनिक को दिखाया पर उसे ठीक करने को कोई तैयार नहीं हुआ तो पास में ही विकास बाजार में दिखाया। वहाँ एक मैकेनिक रिपेयर करने को तैयार हो गया।

चलो, कोई तो मिला। सक्षम ने सोचा और पूछ लिया-

'' अंकल, यह रिपेयर तो हो जायेगा न?''

'देखो बेटे, कोशिश करते हैं। शायद ठीक हो जाये। कम से कम हजार बारह सौ रुपये खर्च हो जायेंगे।'-कहकर मैकेनिक ने पांच दिन बाद आने के लिए कहा।

पांच दिन बाद जब मैकेनिक के पास पहुँचे तो उसने कहा कि अब यह ठीक नहीं हो सकता। सुनकर सक्षम रुंआसा हो उठा।

घर आकर उसने ड्रोन को स्टोर रूम में डाल दिया और अपनी पढ़ाई करने लग गया।

अपनी पुस्तक में जेम्सवाट के बारे में पढ़ते हुए उसके दिमाग में आया कि जेम्सवाट ने आग पर रखे वर्तन में खौलते पानी की भाप से उठते-गिरते वर्तन के ढक्कन से प्रेरित होकर इतना बड़ा स्टीम इंजिन बना डाला था, एडीसन ने बिजली का बल्ब बना डाला था और ग्राहमवेल ने टेलीफोन का आविष्कार कर डाला था फिर मेरा ड्रोन तो बना बनाया है। क्या इसकी खराबी भी मैं ठीक नहीं कर सकता?

इस विचार के आते ही उसने स्टोर रूम से ड्रोन को निकाला और दादू के टूल किट से टूल्स निकाले और दादू के पास आकर अपने खराब हुए ड्रोन को खोलने लगा। मम्मी ने देखा तो डांटने लगीं-

''अब तुम क्या करने लगे?''

दादू के टूल किट से टूल्स निकाले और अपने खराब हुए ड्रोन को खोलने लगा

''मम्मी, मैं ड्रोन को ठीक करने की कोशिश कर रहा हूँ।''-सक्षम ने सफाई दी तो मम्मी और नाराज हो गईं-

''अच्छा, मैंकेनिक इसे पांच दिन में भी ठीक नहीं कर पाया और तू इसे ठीक कर लेगा? अरे इस लड़के को कौन समझाये, इसे तो पढ़ाई-लिखाई छोड़कर और सभी कामों में टाइम पास करने में आनन्द आता है।''

'बहू, इसका मन है तो इसे भी कोशिश करके देख लेने दो। इसमें बुराई ही क्या है?'-दादू ने सक्षम का पक्ष लिया –

'' देख, मैं भी अपने बचपन में ऐसी ही खोला-बांधी करता था।''

सुनकर मम्मी ने दूसरी ओर को मुँह करके मुस्कराते हुए कहा-

''चूहे के जाये, भिटा ही खोदते हैं।'' फिर नाराजगी दिखाते हुए कमरे से बाहर हो गई-''पापाजी यह आपकी सह पर ही यह सब करता है।''

ड्रोन को पूरा खोलने के बाद उसने पूरे ड्रोन के एक-एक पार्ट को बहुत ध्यान से देखा। चार में से एक सेंसर कुछ टेढ़ा सा लगा तो उसे बाहर निकाल कर सीधा किया और फेवीक्विक से चिपका दिया। फिर ड्रोन को एसेम्बल करके रिमोट ऑन करते ही उसकी पंखुड़ियाँ घूमने लगीं तो सक्षम खुशी से उछल पड़ा-

''देखो दादू, मेरे ड्रोन की पंखुड़ी घूमने लगीं।''

' अरे वाह! शाबास बेटे,।''- दादू ने उत्साहवद्र्धन किया तो सक्षम ने अपने मम्मी-पापा को भी आवाज दी-

'' देखो मम्मी, मैंने कर लिया। मैंने कर लिया।''

सक्षम की खुशी का ठिकाना नहीं था। ईगल पार्क में जाकर रिमोट ऑन करते ही ड्रोन फिर से बहुत ऊचा उड़ने लगा तो देखकर सभी बहुत खुश हुए।

रिमोट ऑन करते ही ड्रोन फिर से बहुत ऊचा उड़ने लगा

जिस काम को मैकेनिक पांच दिन में भी सही नहीं कर पाया था उसे हमारे सक्षम ने थोड़ी सी ही देर में ठीक कर दिया।

''बोलो बहू, अब क्या कहती हो?''- दादू ने कहा तो मम्मी-पापा ने भी उसकी पीठ थपथपाते हुए शाबासी दी।

''सदैव बच्चे के आत्म विश्वास को बढ़ाने की बात करनी चाहिए। उसके आत्म विश्वास को ठेस न पहुँचे इस बात का ध्यान रखना बुद्धिमानी कहलाती है।''

डॉ. दिनेश पाठक 'शशि'